I0108957

Book 1

WORD SEARCH

FOR KIDS

MOONSTONE

Published in Moonstone
by Rupa Publications India Pvt. Ltd 2023
7/16, Ansari Road, Daryaganj
New Delhi 110002

Sales centres:
Prayagraj Bengaluru Chennai
Hyderabad Jaipur Kathmandu
Kolkata Mumbai

P-ISBN: 978-93-5702-384-9
E-ISBN: 978-93-5702-389-4

First impression 2023

10 9 8 7 6 5 4 3 2 1

CONTENTS

Alphabet
A

A	P	P	L	E	K
J	A	A	U	F	B
A	R	K	P	B	F
X	R	E	A	R	M
E	O	Q	L	P	S
I	W	A	N	T	R

ANT   **APPLE**   **AXE**

   **ARM**   **ARROW**

Alphabet B

B	A	N	A	N	A
X	B	U	Z	F	B
B	I	X	U	Y	E
A	R	W	X	Q	L
L	D	E	Q	G	L
L	G	B	O	A	T

BANANA   **BALL**   **BIRD**

BOAT   **BELL**

7

Alphabet
C

C	A	N	D	L	E
K	C	J	A	U	F
C	A	B	K	P	B
O	M	F	C	A	T
W	E	E	Q	L	P
S	L	C	A	K	E

CAKE   **COW**   **CAT**

CANDLE   **CAMEL**

Alphabet D

D	R	U	M	D	L
H	D	Z	H	I	T
D	E	O	F	C	T
U	E	V	K	E	N
C	R	X	A	Z	O
K	B	D	O	G	N

DOG   **DRUM**   **DUCK**

DEER   **DICE**

Alphabet E

E	N	G	I	N	E
I	E	K	J	A	U
G	A	F	B	K	P
H	G	B	E	Y	E
T	L	F	E	Q	L
P	E	G	G	S	L

EAGLE   ENGINE   EGG

EYE   EIGHT

10

Alphabet
F

F	R	O	G	F	L
H	F	Z	H	L	T
F	I	O	F	A	T
I	R	V	K	G	N
S	E	X	A	Z	O
H	B	F	A	N	N

FROG **FISH** **FIRE**

FAN **FLAG**

Alphabet G

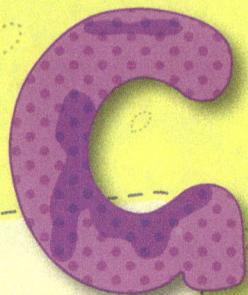

G	U	I	T	A	R
I	S	F	E	G	N
R	X	C	X	L	C
L	G	O	A	T	U
G	R	A	P	E	S
E	G	I	F	T	Z

GUITAR   **GOAT**   **GIRL**

GIFT   **GRAPES**

Alphabet H

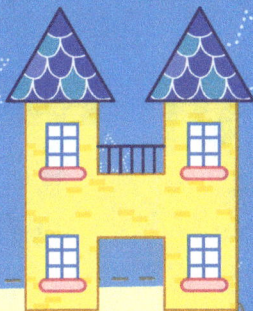

H	A	M	M	E	R
O	H	C	O	B	Z
R	O	M	Z	S	N
S	U	R	H	A	T
E	S	S	E	J	K
B	E	V	N	E	B

HAT   HOUSE   HAMMER
HORSE   HEN

Alphabet I

I	S	L	A	N	D
R	S	F	E	G	N
O	X	C	X	L	C
N	I	G	L	O	O
I	N	S	E	C	T
U	I	C	E	E	Z

ISLAND   IGLOO   IRON
ICE   INSECT

Alphabet J

J	U	I	C	E	K
E	J	J	A	U	F
E	O	B	K	P	B
P	K	F	J	E	T
J	E	L	L	Y	E
Q	R	L	P	S	L

JUICE　　**JEEP**　　**JOKER**

JELLY　　**JET**

Alphabet K

K	E	T	T	L	E
I	S	F	E	G	N
T	X	C	X	L	C
E	K	I	N	G	E
K	I	T	T	E	N
U	K	E	Y	E	Z

KETTLE **KITE** **KEY**

KING **KITTEN**

Alphabet L

L	A	D	D	E	R
X	L	U	Z	F	L
L	A	X	U	Y	A
E	M	W	X	Q	M
A	P	E	Q	G	B
F	G	L	I	O	N

LEAF   **LAMP**   **LADDER**
LION   **LAMB**

Alphabet M

M	O	N	K	E	Y
A	M	P	O	V	R
N	O	I	A	M	M
G	U	G	I	I	O
O	S	G	U	L	O
J	E	W	D	K	N

MOON   MOUSE   MILK

MONKEY   MANGO

Alphabet N

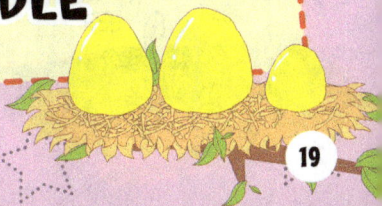

N	O	O	D	L	E
K	N	J	A	U	F
N	U	B	K	P	B
A	R	F	N	E	T
I	S	E	Q	L	P
L	E	N	E	S	T

NEST **NURSE** **NAIL**

NET **NOODLE**

Alphabets
O&P

P	E	N	C	I	L
U	I	O	W	L	M
P	C	Z	T	D	L
S	O	N	I	O	N
P	A	R	R	O	T
Z	P	L	A	N	T

ONION   OWL   PENCIL
PLANT   PARROT

Alphabets Q&R

R	A	B	B	I	T
U	I	R	A	I	N
M	P	C	Z	T	D
L	Q	U	E	E	N
R	O	C	K	E	T
S	Q	U	I	L	T

QUEEN   QUILT   RABBIT
RAIN   ROCKET

Alphabets S & T

S	N	A	I	L	X
S	S	Z	F	X	T
H	H	U	Y	W	E
O	I	X	Q	E	N
E	P	Q	G	G	T
S	T	T	R	E	E

SNAIL **SHOES** **SHIP**

TREE **TENT**

Alphabets U, V & W

V	I	O	L	I	N
K	W	J	A	U	F
W	A	B	K	P	B
E	T	F	U	R	N
L	C	E	Q	L	P
L	H	V	A	S	E

URN   VASE   VIOLIN
WELL   WATCH

Alphabets
X, Y & Z

Y	A	C	H	T	K
J	Z	A	U	F	B
Y	E	K	P	B	F
A	B	E	Z	I	P
R	R	Q	I	P	S
N	A	X	R	A	Y

X-RAY   **YACHT**   **YARN**

ZIP   **ZEBRA**

Numbers

F	I	V	E	O	L
H	N	Z	H	N	T
F	I	O	F	E	T
O	N	V	K	N	X
U	E	A	Z	O	B
R	N	S	I	X	F

FIVE　　**FOUR**　　**NINE**

ONE　　**SIX**

Farm Animals

S	H	E	E	P	R
V	D	S	M	F	T
G	O	M	H	E	N
O	G	L	C	Y	T
A	C	P	O	K	T
T	P	O	W	J	D

COW　　**SHEEP**　　**DOG**

GOAT　　**HEN**

Parts of Tree

B	L	B	T	N	S
U	E	R	R	R	T
S	A	A	U	O	E
A	F	N	N	O	M
T	O	C	K	T	X
W	U	H	H	K	M

STEM   **LEAF**   **BRANCH**
TRUNK   **ROOT**

Reptiles and Amphibians

Y	F	S	T	H	L
P	R	N	U	T	I
T	O	A	R	W	Z
O	G	K	T	X	A
A	V	E	L	P	R
D	H	U	E	D	D

FROG   TURTLE   TOAD

SNAKE   LIZARD

Water

R	I	V	E	R	K
J	O	A	U	F	B
P	C	K	P	B	F
O	E	E	S	E	A
N	A	Q	L	P	S
D	N	L	A	K	E

LAKE   **POND**   **RIVER**

OCEAN   **SEA**

Toys

A	R	K	I	T	E
U	U	E	I	Z	T
D	R	U	M	N	E
H	T	D	O	L	L
R	T	E	D	D	Y
B	A	L	L	D	B

TEDDY   **DOLL**   **BALL**

DRUM   **KITE**

Flowers

J	L	Y	W	H	D
L	O	V	H	T	A
I	T	C	R	U	I
L	U	G	O	L	S
Y	S	P	S	I	Y
Q	L	E	E	P	B

ROSE   LILY   TULIP
DAISY   LOTUS

Nuts and Dried Fruits

A	L	M	O	N	D
C	A	S	H	E	W
D	A	T	E	M	C
W	H	U	Y	P	F
R	A	I	S	I	N
W	A	L	N	U	T

ALMOND   RAISIN   DATE
WALNUT CASHEW

Vegetables

C	A	R	R	O	T
O	S	F	E	G	N
R	X	C	X	L	C
N	O	N	I	O	N
T	O	M	A	T	O
U	P	E	A	Q	E

CARROT   TOMATO   ONION

CORN   PEA

Animal Products

S	I	L	K	O	N
X	N	M	I	L	K
S	Z	E	Z	W	V
D	J	A	H	E	E
Z	T	T	S	A	G
W	O	O	L	Q	G

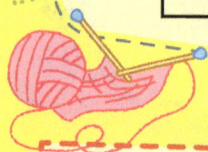

MILK   **EGG**   **MEAT**

SILK   **WOOL**

Taste

T	S	W	E	E	T
A	E	O	Y	K	K
S	A	V	O	R	Y
B	I	T	T	E	R
S	O	U	R	A	S
L	S	A	L	T	Y

SWEET   **SOUR**   **SALTY**
BITTER   **SAVORY**

Insects

M	D	L	M	P	G	W	A
O	F	A	O	Y	X	B	N
T	L	D	S	W	S	E	T
H	E	Y	Q	A	P	E	X
K	A	B	U	S	I	T	Q
J	F	U	I	P	D	L	L
U	L	G	T	B	E	E	L
P	Y	D	O	Z	R	E	U

ANT   FLEA   BEETLE   LADYBUG   MOTH

BEE   FLY   SPIDER   MOSQUITO   WASP

Birds

P	E	A	C	O	C	K	J
A	N	R	P	O	V	S	S
R	S	Q	E	W	U	D	P
R	W	Y	N	L	L	E	I
O	A	C	G	D	T	A	G
T	N	R	U	U	U	G	E
S	B	O	I	C	R	L	O
F	M	W	N	K	E	E	N

PENGUIN   PARROT   DUCK   OWL   EAGLE

PEACOCK   PIGEON   CROW   SWAN   VULTURE

Wild Animals

E	L	E	P	H	A	N	T
J	N	R	G	Q	T	S	S
Q	D	D	I	R	I	Y	L
Z	E	P	R	R	G	B	I
E	E	A	A	W	E	E	O
B	R	N	F	O	R	A	N
R	S	D	F	L	B	R	F
A	M	A	E	F	D	Z	L

TIGER   LION   ZEBRA   BEAR   GIRAFFE

WOLF   DEER   ELEPHANT   PANDA

Furniture

W	A	R	D	R	O	B	E
M	A	T	C	K	B	U	H
X	J	T	O	S	E	F	D
C	B	A	U	P	N	L	E
H	J	B	C	B	C	A	S
A	J	L	H	E	H	M	K
I	R	E	Z	D	F	P	X
R	J	C	H	E	S	T	Y

CHAIR   TABLE   DESK   BED   COUCH

MAT   BENCH   CHEST   LAMP   WARDROBE

Sight Words 1

LIKE

THE

L	I	K	E	F	S	T	V
K	N	X	W	A	H	Z	O
B	N	H	E	F	E	V	Q
T	R	I	F	H	E	R	V
H	D	M	C	A	T	I	Y
E	H	A	I	R	I	D	T
V	S	T	S	E	P	T	A
G	D	A	B	U	W	F	M

HER

IS

AM

IS   THE   AM   WE   AT

ARE   HER   HIM   SHE   LIKE

Christmas

S	W	C	A	N	D	L	E
T	R	C	A	K	E	G	J
A	E	T	J	B	E	L	L
R	A	A	S	A	N	T	A
S	T	O	C	K	I	N	G
L	H	M	B	G	I	F	T
Y	Q	L	T	R	E	E	W
C	A	R	O	L	U	C	H

TREE   GIFT   CAKE   CAROL   CANDLE

BELL   STAR   SANTA   STOCKING   WREATH

Body Parts

T	O	N	G	U	E	Q	K
L	F	R	F	E	E	Y	E
M	N	H	O	U	A	R	M
T	L	A	O	L	I	P	S
E	H	N	T	N	N	A	I
E	A	D	J	O	E	D	V
T	I	T	X	S	C	Q	Q
H	R	N	T	E	K	T	Y

EYE **NOSE** **TONGUE** **LIPS** **HAND**

ARM **FOOT** **HAIR** **NECK** **TEETH**

Colours

Y	E	L	L	O	W	Y	F
Q	O	D	O	Y	G	L	Q
B	P	P	R	R	R	T	B
W	I	U	A	C	E	B	L
H	N	R	N	B	E	R	A
I	K	P	G	L	N	O	C
T	Q	L	E	U	F	W	K
E	G	E	R	E	D	N	T

BLUE   YELLOW   GREEN   PINK   PURPLE

WHITE   BLACK   ORANGE   RED   BROWN

Seasons & Weather

D	R	O	U	G	H	T	Y
F	Q	O	S	D	S	C	Y
L	W	A	P	R	U	L	W
S	I	U	R	A	M	O	I
T	N	T	I	I	M	U	N
O	D	U	N	N	E	D	T
R	Y	M	G	Q	R	Y	E
M	B	N	S	N	O	W	R

AUTUMN   SPRING   CLOUDY   STORM   RAIN

SUMMER   WINTER   DROUGHT   WINDY   SNOW

Transport

T	N	L	T	Q	T	X	T
R	H	B	R	S	R	W	P
A	D	U	A	H	U	B	L
I	Z	S	M	I	C	U	A
N	C	A	R	P	K	Q	N
A	B	I	C	Y	C	L	E
D	Z	R	E	I	U	U	R
V	A	N	O	B	O	A	T

BUS   CAR   TRAIN   PLANE   SHIP

VAN   BICYCLE   TRUCK   TRAM   BOAT

Utensils

Q	C	W	X	W	I	K	P
D	O	P	A	N	P	N	L
W	O	U	W	X	N	I	A
H	K	F	O	R	K	F	T
I	E	L	K	Y	E	E	E
S	R	P	L	A	D	L	E
K	Q	V	S	P	O	O	N
L	B	O	W	L	Q	C	C

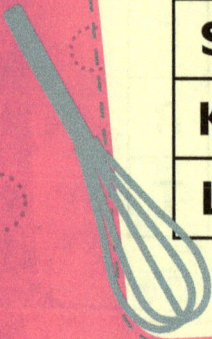

KNIFE   LADLE   FORK   PAN   COOKER

PLATE   WHISK   BOWL   WOK   SPOON

Bathroom

S	H	A	M	P	O	O	W
H	V	B	B	U	C	F	Q
O	B	R	A	S	O	U	M
W	A	U	T	O	M	T	I
E	S	S	H	A	M	O	R
R	I	H	T	P	O	W	R
Q	N	T	U	M	D	E	O
T	A	P	B	K	E	L	R

SOAP **BRUSH** **SHOWER** **TAP** **SHAMPOO**

TOWEL **COMMODE** **MIRROR** **BASIN** **BATHTUB**

Stationery

E	K	J	U	B	O	O	K
R	C	O	L	O	U	R	C
A	G	L	U	E	R	N	P
S	C	I	S	S	O	R	U
E	R	U	L	E	R	P	P
R	P	A	P	E	R	C	E
U	P	E	N	C	I	L	N
S	H	C	U	T	T	E	R

PEN   BOOK   PENCIL   RULER   CUTTER

GLUE COLOUR ERASER PAPER   SCISSOR

Money

B	A	N	K	C	A	K	Q
W	C	P	C	U	S	K	U
A	A	O	O	R	D	M	A
L	S	U	I	R	O	O	R
L	H	N	N	E	L	N	T
E	A	D	Q	N	L	E	E
T	T	Q	C	C	A	Y	R
P	E	N	N	Y	R	A	E

CASH   DOLLAR   BANK   MONEY   CURRENCY

COIN   WALLET   PENNY   POUND   QUARTER

Food

I	P	I	Z	Z	A	B	H
B	U	R	G	E	R	I	K
L	B	R	E	A	D	S	B
S	A	N	D	W	I	C	H
C	A	K	E	C	B	U	R
C	H	E	E	S	E	I	I
U	Z	S	O	U	P	T	C
B	U	T	T	E	R	J	E

BISCUIT   BREAD   BURGER   CHEESE   CAKE

RICE   BUTTER   PIZZA   SANDWICH   SOUP

Fruits

B	A	N	A	N	A	T	A
A	O	T	C	H	P	U	V
S	M	O	H	P	A	H	G
A	A	R	E	E	P	G	R
P	N	A	R	A	A	U	A
P	G	N	R	R	Y	A	P
L	O	G	Y	K	A	V	E
E	P	E	A	C	H	A	S

APPLE MANGO ORANGE GRAPES BANANA

GUAVA PEAR CHERRY PEACH PAPAYA

Sight Words 2

GOOD

SEE

P	L	E	A	S	E	Z	S
Y	E	I	Y	E	M	Z	L
Z	C	S	O	Q	Y	C	L
T	Y	O	U	H	A	V	E
H	O	O	B	G	X	H	F
I	U	N	S	O	T	A	K
S	T	F	E	O	Q	L	P
L	M	P	E	D	Q	L	M

HAVE

MY

OUT

MY	THIS	SEE	YOU	PLEASE
ALL	HAVE	SOON	OUT	GOOD

ANSWERS

Alphabet - A

A	P	P	L	E	K
J	A	A	U	F	B
A	R	K	P	B	F
X	R	E	A	R	M
E	O	Q	L	P	S
I	W	A	N	T	R

Alphabet - B

B	A	N	A	N	A
X	B	U	Z	F	B
B	I	X	U	Y	E
A	R	W	X	Q	L
L	D	E	Q	G	L
L	G	B	O	A	T

Alphabet - C

C	A	N	D	L	E
K	C	J	A	U	F
C	A	B	K	P	B
O	M	F	C	A	T
W	E	E	Q	L	P
S	L	C	A	K	E

Alphabet - D

D	R	U	M	D	L
H	D	Z	H	I	T
D	E	O	F	C	T
U	E	V	K	E	N
C	R	X	A	Z	O
K	B	D	O	G	N

Alphabet - E

E	N	G	I	N	E
I	E	K	J	A	U
G	A	F	B	K	P
H	G	B	E	Y	E
T	L	F	E	Q	L
P	E	G	G	S	L

Alphabet - F

F	R	O	G	F	L
H	F	Z	H	L	T
F	I	O	F	A	T
I	R	V	K	G	N
S	E	X	A	Z	O
H	B	F	A	N	N

Alphabet - G

G	U	I	T	A	R
I	S	F	E	G	N
R	X	C	X	L	C
L	G	O	A	T	U
G	R	A	P	E	S
E	G	I	F	T	Z

Alphabet - H

H	A	M	M	E	R
O	H	C	O	B	Z
R	O	M	Z	S	N
S	U	R	H	A	T
E	S	S	E	J	K
B	E	V	N	E	B

Alphabet - I

I	S	L	A	N	D
R	S	F	E	G	N
O	X	C	X	L	C
N	I	G	L	O	O
I	N	S	E	C	T
U	I	C	E	E	Z

Alphabet - J

J	U	I	C	E	K
E	J	J	A	U	F
E	O	B	K	P	B
P	K	F	J	E	T
J	E	L	L	Y	E
Q	R	L	P	S	L

Alphabet - K

K	E	T	T	L	E
I	S	F	E	G	N
T	X	C	X	L	C
E	K	I	N	G	E
K	I	T	T	E	N
U	K	E	Y	E	Z

Alphabet - L

L	A	D	D	E	R
X	L	U	Z	F	L
L	A	X	U	Y	A
E	M	W	X	Q	M
A	P	E	Q	G	B
F	G	L	I	O	N

Alphabet - M

M	O	N	K	E	Y
A	M	P	O	V	R
N	O	I	A	M	M
G	U	G	I	I	O
O	S	G	U	L	O
J	E	W	D	K	N

Alphabet - N

N	O	O	D	L	E
K	N	J	A	U	F
N	U	B	K	P	B
A	R	F	N	E	T
I	S	E	Q	L	P
L	E	N	E	S	T

Alphabets - O & P

P	E	N	C	I	L
U	I	O	W	L	M
P	C	Z	T	D	L
S	O	N	I	O	N
P	A	R	R	O	T
Z	P	L	A	N	T

Alphabets - Q & R

R	A	B	B	I	T
U	I	R	A	I	N
M	P	C	Z	T	D
L	Q	U	E	E	N
R	O	C	K	E	T
S	Q	U	I	L	T

Alphabets - S & T

S	N	A	I	L	X
S	S	Z	F	X	T
H	H	U	Y	W	E
O	I	X	Q	E	N
E	P	Q	G	G	T
S	T	T	R	E	E

Alphabets - U, V & W

V	I	O	L	I	N
K	W	J	A	U	F
W	A	B	K	P	B
E	T	F	U	R	N
L	C	E	Q	L	P
L	H	V	A	S	E

Alphabets - X, Y & Z

Y	A	C	H	T	K
J	Z	A	U	F	B
Y	E	K	P	B	F
A	B	E	Z	I	P
R	R	Q	I	P	S
N	A	X	R	A	Y

Numbers

F	I	V	E	O	L
H	N	Z	H	N	T
F	I	O	F	E	T
O	N	V	K	N	X
U	E	A	Z	O	B
R	N	S	I	X	F

Farm Animals

S	H	E	E	P	R
V	D	S	M	F	T
G	O	M	H	E	N
O	G	L	C	Y	T
A	C	P	O	K	T
T	P	O	W	J	D

Parts of Tree

B	L	B	T	N	S
U	E	R	R	R	T
S	A	A	U	O	E
A	F	N	N	O	M
T	O	C	K	T	X
W	U	H	H	K	M

Reptiles and Amphibians

Y	F	S	T	H	L
P	R	N	U	T	I
T	O	A	R	W	Z
O	G	K	T	X	A
A	V	E	L	P	R
D	H	U	E	D	D

Water

R	I	V	E	R	K
J	O	A	U	F	B
P	C	K	P	B	F
O	E	E	S	E	A
N	A	Q	L	P	S
D	N	L	A	K	E

Toys

A	R	K	I	T	E
U	U	E	I	Z	T
D	R	U	M	N	E
H	T	D	O	L	L
R	T	E	D	D	Y
B	A	L	L	D	B

Flowers

J	L	Y	W	H	D
L	O	V	H	T	A
I	T	C	R	U	I
L	U	G	O	L	S
Y	S	P	S	I	Y
Q	L	E	E	P	B

Nuts and Dried Fruits

A	L	M	O	N	D
C	A	S	H	E	W
D	A	T	E	M	C
W	H	U	Y	P	F
R	A	I	S	I	N
W	A	L	N	U	T

Vegetables

C	A	R	R	O	T
O	S	F	E	G	N
R	X	C	X	L	C
N	O	N	I	O	N
T	O	M	A	T	O
U	P	E	A	Q	E

Animal Products

S	I	L	K	O	N
X	N	M	I	L	K
S	Z	E	Z	W	V
D	J	A	H	E	E
Z	T	T	S	A	G
W	O	O	L	Q	G

Taste

T	S	W	E	E	T
A	E	O	Y	K	K
S	A	V	O	R	Y
B	I	T	T	E	R
S	O	U	R	A	S
L	S	A	L	T	Y

Insects

M	D	L	M	P	G	W	A
O	F	A	O	Y	X	B	N
T	L	D	S	W	S	E	T
H	E	Y	Q	A	P	E	X
K	A	B	U	S	I	T	Q
J	F	U	I	P	D	L	L
U	L	G	T	B	E	E	L
P	Y	D	O	Z	R	E	U

Birds

P	E	A	C	O	C	K	J
A	N	R	P	O	V	S	S
R	S	Q	E	W	U	D	P
R	W	Y	N	L	L	E	I
O	A	C	G	D	T	A	G
T	N	R	U	U	U	G	E
S	B	O	I	C	R	L	O
F	M	W	N	K	E	E	N

Wild Animals

E	L	E	P	H	A	N	T
J	N	R	G	Q	T	S	S
Q	D	D	I	R	I	Y	L
Z	E	P	R	R	G	B	I
E	E	A	A	W	E	E	O
B	R	N	F	O	R	A	N
R	S	D	F	L	B	R	F
A	M	A	E	F	D	Z	L

Furniture

W	A	R	D	R	O	B	E
M	A	T	C	K	B	U	H
X	J	T	O	S	E	F	D
C	B	A	U	P	N	L	E
H	J	B	C	B	C	A	S
A	J	L	H	E	H	M	K
I	R	E	Z	D	F	P	X
R	J	C	H	E	S	T	Y

Sight Words 1

L	I	K	E	F	S	T	V
K	N	X	W	A	H	Z	O
B	N	H	E	F	E	V	Q
T	R	I	F	H	E	R	V
H	D	M	C	A	T	I	Y
E	H	A	I	R	I	D	T
V	S	T	S	E	P	T	A
G	D	A	B	U	W	F	M

Christmas

S	W	C	A	N	D	L	E
T	R	C	A	K	E	G	J
A	E	T	J	B	E	L	L
R	A	A	S	A	N	T	A
S	T	O	C	K	I	N	G
L	H	M	B	G	I	F	T
Y	Q	L	T	R	E	E	W
C	A	R	O	L	U	C	H

Body Parts

T	O	N	G	U	E	Q	K
L	F	R	F	E	E	Y	E
M	N	H	O	U	A	R	M
T	L	A	O	L	I	P	S
E	H	N	T	N	N	A	I
E	A	D	J	O	E	D	V
T	I	T	X	S	C	Q	Q
H	R	N	T	E	K	T	Y

Colours

Y	E	L	L	O	W	Y	F
Q	O	D	O	Y	G	L	Q
B	P	P	R	R	T	B	B
W	I	U	A	C	E	B	L
H	N	R	N	B	E	R	A
I	K	P	G	L	N	O	C
T	Q	L	E	U	F	W	K
E	G	E	R	E	D	N	T

Seasons & Weather

D	R	O	U	G	H	T	Y
F	Q	O	S	D	S	C	Y
L	W	A	P	R	U	L	W
S	I	U	R	A	M	O	I
T	N	T	I	I	M	U	N
O	D	U	N	N	E	D	T
R	Y	M	G	Q	R	Y	E
M	B	N	S	N	O	W	R

Transport

T	N	L	T	Q	T	X	T
R	H	B	R	S	R	W	P
A	D	U	A	H	U	B	L
I	Z	S	M	I	C	U	A
N	C	A	R	P	K	Q	N
A	B	I	C	Y	C	L	E
D	Z	R	E	I	U	U	R
V	A	N	O	B	O	A	T

Utensils

Q	C	W	X	W	I	K	P
D	O	P	A	N	P	N	L
W	O	U	W	X	N	I	A
H	K	F	O	R	K	F	T
I	E	L	K	Y	E	E	E
S	R	P	L	A	D	L	E
K	Q	V	S	P	O	O	N
L	B	O	W	L	Q	C	C

Bathroom

S	H	A	M	P	O	O	W
H	V	B	B	U	C	F	Q
O	B	R	A	S	O	U	M
W	A	U	T	O	M	T	I
E	S	S	H	A	M	O	R
R	I	H	T	P	O	W	R
Q	N	T	U	M	D	E	O
T	A	P	B	K	E	L	R

Stationery

E	K	J	U	B	O	O	K
R	C	O	L	O	U	R	C
A	G	L	U	E	R	N	P
S	C	I	S	S	O	R	U
E	R	U	L	E	R	P	P
R	P	A	P	E	R	C	E
U	P	E	N	C	I	L	N
S	H	C	U	T	T	E	R

Money

B	A	N	K	C	A	K	Q
W	C	P	C	U	S	K	U
A	A	O	O	R	D	M	A
L	S	U	I	R	O	O	R
L	H	N	N	E	L	N	T
E	A	D	Q	N	L	E	E
T	T	Q	C	C	A	Y	R
P	E	N	N	Y	R	A	E

Food

I	P	I	Z	Z	A	B	H
B	U	R	G	E	R	I	K
L	B	R	E	A	D	S	B
S	A	N	D	W	I	C	H
C	A	K	E	C	B	U	R
C	H	E	E	S	E	I	I
U	Z	S	O	U	P	T	C
B	U	T	T	E	R	J	E

Fruits

B	A	N	A	N	A	T	A
A	O	T	C	H	P	U	V
S	M	O	H	P	A	H	G
A	A	R	E	E	P	G	R
P	N	A	R	A	A	U	A
P	G	N	R	R	Y	A	P
L	O	G	Y	K	A	V	E
E	P	E	A	C	H	A	S

Sight Words 2

P	L	E	A	S	E	Z	S
Y	E	I	Y	E	M	Z	L
Z	C	S	O	Q	Y	C	L
T	Y	O	U	H	A	V	E
H	O	O	B	G	X	H	F
I	U	N	S	O	T	A	K
S	T	F	E	O	Q	L	P
L	M	P	E	D	Q	L	M